Un día de safari

PANAMERICANA
EDITORIAL

Algunos de los animales más espectaculares del mundo viven en el oriente de África. La gente hace viajes especiales, conocidos como safaris, para ir allí y ver a estos animales en su hábitat natural.

Corre junto a los guepardos a través de la sabana, en donde las jirafas mordisquean las hojas de los árboles más altos. Observa el concurrido abrevadero para ver las manadas de animales y las bandadas de aves chapoteando y bebiendo agua. ¡Hay mucho por ver de día y de noche en un safari!

Contenido

Las primeras luces
se extienden en el cielo.
En la sabana, las aves
se agitan bajo la sombra
de las ramas de los baobabs.

Un secretario estira sus largas patas y camina en el pastizal.

La avutarda kori busca un menú de insectos como desayuno.

Un toco limpia sus plumas con su llamativo pico.

El loro cabecipardo alza el vuelo.

El sol se levanta
en el cielo. En la sabana,
los animales más pequeños
se preparan para iniciar
su atareado día.

La musaraña elefante hurga bajo las hojas con su largo hocico.

Grupos de termitas construyen montículos gigantes.

Un lobo de tierra descansa después de una larga noche de cacería.

"¡Aléjense!", advierte la cobra escupidora de cuello negro.

Encuentra

El cerdo hormiguero es nocturno. Pasa el día durmiendo y está activo en la noche.
¿Puedes encontrarlo?

Llegó la mañana.
La luz del sol cubre
los pastizales en donde
los animales están
en movimiento.

El guepardo corre a toda velocidad por la sabana.

Un avestruz corre por el pastizal. Los avestruces no pueden volar.

Un rebaño de gacelas va saltando.

Sigilosos perros salvajes africanos persiguen a su presa.

Algunos animales
se alejan del sol
de la mañana y
buscan la sombra.

Un leopardo descansa en una rama, en lo alto de un árbol.

Para mantenerse aseados, los papiones se limpian los insectos de sus pelajes unos a otros.

Un grupo de cercopitecos verdes se balancea en las ramas de los árboles.

Los tejedores construyen sus nidos con largas briznas de pasto.

**Los animales
se refrescan**
en el abrevadero
cuando el calor del sol
se hace más intenso.

Una bandada de flamencos vadea el abrevadero.

El águila pescadora africana atrapa un pez.

Los hipopótamos se bañan en el agua para refrescarse.

Los ñus se detienen a refrescarse.

Encuentra

Las chinches acuáticas africanas pueden ocultarse porque se ven como hojas muertas.
¿Puedes encontrarlas?

Bajo el sol ardiente,
los animales reposan sobre
una *kopje*, una colina rocosa.

¡Grrrr! Un feroz león ruge para llamar a su manada.

Los peludos damanes roqueros se silban unos a otros a través de las grietas de las rocas.

¡Clip-clop! Una cría de saltarrocas brinca de roca en roca.

Un grupo familiar de mangostas enanas busca una nueva madriguera segura.

Algunos animales pasan el tiempo ayudándose unos a otros. Esto se conoce como mutualismo animal.

Un antílope transporta a un picabuey. El ave se come los insectos que pican al antílope.

Un indicador encuentra un panal lleno de miel. El ratel lo abre con sus garras, y ambos comen.

Un elefante camina en el lodo levantando a su paso insectos que la garza se come.

El chorlito egipcio mantiene limpia la boca del cocodrilo, salta dentro de ella para comer los restos que quedan.

Animales con manchas y rayas pastan entre la hierba alta. El sol cae lentamente.

Una manada de cebras corre por la sabana. Pronto se detendrán a comer hierba.

Las jirafas estiran sus largos cuellos para alcanzar las hojas en lo alto de los árboles.

Una cría de rinoceronte come hierba después de que su mamá ha desenterrado una planta.

El dicdic busca bayas para comer.

El sol poniente
proyecta sombras largas
a través de las acacias
con forma de sombrilla.

Las suricatas observan desde sus seguras madrigueras.

El caracal sacude los penachos negros de sus orejas para comunicarse.

¡Qué salto! El colobo negro y blanco brinca sobre una rama.

Con el hocico y los colmillos en el suelo, los facóqueros buscan lombrices bajo tierra.

Encuentra
Las hormigas guerreras no permanecen
en el mismo nido por más de unas
pocas semanas.
¿Puedes encontrarlas?

Con la luz tenue del crepúsculo es difícil ver a algunos animales.

Las escamas del pangolín terrestre le permiten ocultarse mientras atrapa termitas.

Un impala se oculta entre las sombras de la hierba alta.

Un camaleón camuflado se aferra a un árbol.

La mariposa hoja seca se confunde con su entorno y es difícil de ver.

Los animales producen
sonidos arrulladores mientras
la luna brilla en el cielo.

La "risa" de las ruidosas hienas les indica a otras hienas dónde pueden encontrar comida.

Los gálagos parlotean, cloquean y silban para comunicarse entre sí.

Rrrr... Jisss... La jineta manchada suena como un gato cuando está de cacería.

Un bongo usa sus largas orejas para escuchar los posibles peligros.

Encuentra
La zorrilla común es negra y blanca y puede despedir un fuerte olor, parecido al de una mofeta cuando está asustada.
¿Puedes encontrarla?

La hermosa África

África es uno de los seis
continentes del mundo.
Los otros continentes son
la Antártida, Asia, Oceanía,
Europa y América.

Muchos animales de África
están en peligro. Esto quiere
decir que como hay tan
pocos de ellos, están a punto
de desaparecer. Esto sucede
debido a que sus hábitats
(el lugar donde viven)
están siendo destruidos
o debido a la cacería.

En un safari, la
gente se moviliza
en autos para ver
a los animales en
su hábitat natural.
¡Algunas personas
incluso acampan
al aire libre!

Entre los animales
africanos en peligro
están: los perros
salvajes africanos,
los guepardos, los
rinocerontes blancos
y los leopardos.

De safari

La gente viaja de todas partes del mundo para ir de safari y ver animales asombrosos en su hábitat.

El Serengueti es un enorme ecosistema en el centro-oriente de África. ¡Es tan grande como Bélgica! El área es hogar de muchos animales, como los que aparecen en este libro.

Existen muchos parques naturales en África, en donde los animales están protegidos de los cazadores, como el Parque Nacional Serengueti en Tanzania.

"Los cinco grandes" son los cinco animales más peligrosos y populares que se ven en un safari. Son: el león, el leopardo, el rinoceronte, el elefante y el búfalo.

Juegos en la sabana

Los grupos de animales reciben
diferentes nombres. Une la imagen
de los animales con el nombre
del grupo correcto.

1.

2.

3.

4.

5.

A. Bandada **B.** Jauría **C.** Manada
D. Grupo de primates **E.** Rebaño

Respuestas: 1-C, 2-A, 3-E, 4-B, 5-D

Patrones

Estos animales tienen patrones especiales, como rayas o puntos. ¿Puedes ordenar las letras de los nombres de estos animales?

1. UGPERAOD

2. AEBCR

3. PLDEOOAR

4. FAIRAJ

5. ASROMPIA

6. LOÍANNGP

Respuestas. 1. guepardo, 2. cebra, 3. leopardo, 4. jirafa, 5. mariposa, 6. pangolín.

Glosario

Brizna
Hebra, especialmente de plantas o frutos.

Camuflaje
Efecto de pasar desapercibido al cambiar de apariencia o confundirse con el entorno.

Ecosistema
Comunidad de seres vivos que se relacionan entre sí y se desarrollan en función de un mismo ambiente.

En peligro
Ser vivo en vías de extinción.

Extinto
Cuando una especie de animal desaparece para siempre.

Hábitat
Lugar en el que vive y se desarrolla naturalmente una planta o un animal.

Kopje
Colina pequeña en un área plana.

Mutualismo animal
Relación entre dos clases diferentes de animales que trabajan juntos para ayudarse entre sí.

Nocturno
Activo de noche.

Presa
Animal que es cazado por otro y que le sirve de alimento.

Sabana
Gran área de tierra plana y sin árboles.

Safari
Viaje para ver animales en su hábitat natural, especialmente en el oriente de África.

Índice

Para Lucas, quien le dio a Leo su primer león. – JRD

Acerca de la autora

*Un día en la vida de **Joanne Ruelos Diaz** incluye levantarse antes de que salga el sol, escribir sobre cualquier cosa, pasando por animales, trenes, hasta princesas y hadas; y juguetear con su pequeño hijo. Vive en Brooklyn, Nueva York, con su esposo y su hijo.*

Acerca del ilustrador

*Un día en la vida de **Simon Mendez** incluye ser despertado a sacudones por sus hijos, dibujar y colorear todo lo que se le ocurra mientras lidia con su familia, tratar de evitar los correos electrónicos, las llamadas telefónicas y la vida real, para luego encontrar —con suerte— su cama antes de que el sol salga o los niños se levanten. Vive en una pequeña ciudad en el norte de Inglaterra con su esposa, sus gemelos y su perro Dill.*

Ruelos Diaz, Joanne
    Un día de safari / Joanne Ruelos Diaz ; ilustrador Simon Mendez ; traductora Andrea Moure. -- Editora Diana López de Mesa O. -- Bogotá : Panamericana Editorial, 2014.
    32 p. : il. ; 26 cm.
    Incluye índice analítico.
    Título original : *One day on safari*.
    ISBN 978-958-766-415-7
    1. Zoología - África - Literatura juvenil 2. Animales salvajes - África - Literatura juvenil 3. África - Descripciones y viajes - Literatura juvenil
I. Mendez, Simon, il. II. Moure, Andrea, tr. III. López de Mesa O., Diana, ed. IV. Tít.
591.9 cd 21 ed.
A1435191

CEP-Banco de la República-Biblioteca Luis Ángel Arango

Primera edición en Panamericana Editorial Ltda., 2014
Título original: *One Day on Safari*
© 2014 Red Lemon Press Limited
© 2014 Joanne Ruelos Diaz
© 2014 Panamericana Editorial Ltda.
Calle 12 No. 34-30, Tel.: (57 1) 3649000
Fax: (57 1) 2373805
www.panamericanaeditorial.com
Bogotá D. C., Colombia

Editor
Panamericana Editorial Ltda.
Edición
Diana López de Mesa O.
Ilustraciones
Simon Mendez
Traducción del inglés
Andrea Moure
Diagramación
La Piragua Editores

ISBN 978-958-766-415-7